Die Plättnerin von St. Pauli
Der Kugelfisch der Reeperbahn

AF294967

FSC
www.fsc.org
MIX
Papier aus ver-
antwortungsvollen
Quellen
Paper from
responsible sources
FSC® C105338

Herold zu Moschdehner

Die Plättnerin von St. Pauli

Der Kugelfisch der Reeperbahn

Bibliografische Information der Deutschen Nationalbibliothek
Die Deutsche Nationalbibliothek verzeichnet diese Publikation in der Deutschen Nationalbibliografie; detaillierte bibliografische Daten sind im Internet über http://dnb.d-nb.de abrufbar.

ISBN: 978-3-8192-2993-0

Vorwort

Sie war kein Name in den Zeitungen. Keine
Schlagzeile, keine Fußnote, keine Legende, der
man ein Denkmal errichtet hätte. Und doch – wer
auf St. Pauli lebte, zwischen den Jahren, die zu
Jahrzehnten wurden, der kannte sie. Oder
meinte, sie zu kennen.
Man sprach von ihr in Spelunken, in Friseurläden,
in den Rauchpausen zwischen zwei Besuchen.
Man sagte: „*Die mit der Kraft. Die mit dem
inneren Schraubstock. Die, die Männer bricht.*"
Manche lachten, andere schwiegen. Manche
übertrieben. Die meisten logen.
Ich habe sie ein einziges Mal gesehen. Es war
spät. Sie saß auf einer Bank, den Mantel offen,
den Blick in Richtung Elbe. Neben ihr: eine
Flasche, halb leer. Vor ihr: ein aufgerissener
Zigarettenschachtelboden, auf den jemand „Du
bist stärker als du willst" geschrieben hatte.
Vielleicht war sie es selbst. Vielleicht war es ein
Gast. Vielleicht war es niemand.
Nach ihrem Tod fanden sich keine Briefe. Kein
Tagebuch. Nur ein altes Heft mit Skizzen – Falten,
Knöpfe, Schnitte. Und einige Wörter, sorgfältig
geschrieben, unterstrichen, durchgestrichen,
dann wieder notiert: *Plättnerin. Kugelfisch. Halten.
Fest. Druck.*
Dies ist kein Tatsachenbericht. Kein
psychologisches Protokoll. Und schon gar kein
Versuch, etwas zu erklären, das sich nicht
erklären lässt.
Es ist ein Bild. Ein Flimmern. Eine Annäherung.

Was Sie in den folgenden Kapiteln lesen, ist
zusammengesetzt aus Gesprächsfetzen,
Beobachtungen, Gerüchten, alten Waschzetteln
und zwei Tonbändern, auf denen sie schweigt,
während jemand sie fragt, ob sie sich erinnern
wolle.
Sie sagt nur:
„Ich war nie das Problem. Nur die Reaktion."
Vielleicht hat sie recht. Vielleicht war sie nicht
Täterin, nicht Heilige, nicht Opfer – sondern ein
Spiegel, in dem sich die Männer sahen, wenn sie
zu nah traten.
Ich widme dieses Buch ihr –
und all jenen, über die man lacht, bevor man sie
vergisst.
Herold zu Moschdehner

Kapitel 1 – Geboren im Kohlquartier

Else wurde in einem Zimmer mit gewölbter Decke und Wasserflecken geboren. Das Fenster zeigte in einen Hof, der nie Sonne sah. Die Tapete war grau von den Jahren und der Atem der Bewohner schwer vom Kohlenstaub. Es war ein Mittwoch im Spätherbst, und die Hebamme – Frau Wittschneider, eine Witwe mit eingefallenen Wangen und hartem Griff – sagte nur: „Ein kräftiges Mädchen. Die macht sich."
Die Doppkes waren einfache Leute. Ihr Vater, Heinrich Doppke, arbeitete am Hafen beim Kaffeestapeln. Ihre Mutter, Frieda, war gelernte Schneiderin, aber die Zeiten hatten ihr das Nähen aus der Hand geschlagen. Seit Jahren nahm sie Wäsche zum Waschen an, scheuerte Rücken an Rücken mit anderen Frauen in einer feuchten Waschküche in der Leunastraße.
Else war das zweite Kind. Der erste war tot zur Welt gekommen, ein Junge, dem nie ein Name gegeben wurde. Vielleicht war es das, was die Mutter so hart machte, so kühl im Blick, selbst wenn sie sang. Else wuchs mit dieser Kühle auf, lernte früh, dass es im Leben weniger um Worte ging als um Tücher, Eimer, Wäscheklammern.
Sie lernte das Gehen auf unebenen Dielen, zwischen Stiefeln und Blecheimern, die nach Chlor rochen. Mit zwei konnte sie schon das Kochgeschirr allein vom Küchentisch schieben, um sich Platz zu machen. Mit drei hockte sie auf der Fensterbank und sah auf die schmutzige Leine, an der ein alter BH wie ein Aasvogel hing.

Sie sprach wenig. Wenn man sie fragte, antwortete sie knapp. Ihre Mutter sagte: „Die denkt zu viel. Das wird ein mühsames Kind."
Die Schule war ein Gebäude aus Backstein mit rußgeschwärztem Sockel. Draußen standen große Mädchen mit fettigen Zöpfen und Jungen, die stanken wie alte Butter. Else saß still auf ihrer Bank, schrieb sauber, vergaß nie ihr Heft. Sie war nicht beliebt. Sie war nicht unbeliebt. Sie war einfach da. Wer sie necken wollte, ließ es bald. Nicht, weil sie laut wurde – sondern weil sie einen ansah wie ein Stein, der wusste, dass er länger lebt als der, der ihn tritt.
Sie war nicht stark im üblichen Sinne. Sie war nicht laut, nicht rotbäckig, nicht sportlich. Aber sie hatte etwas an sich, das sich nicht biegen ließ. Wenn der Lehrer mit dem Zeigestock kam, verzog sie keine Miene. Wenn andere weinten, sah sie nur geradeaus. Ihre Mutter sagte: „Elsetje, du bist wie ein Schürhaken. Man kann dich benutzen, aber nicht zerbrechen."
Mit acht trug sie Wasser aus dem Keller. Mit neun schleppte sie ihre kleine Schwester auf dem Rücken, als die Windpocken kamen. Mit zehn zog sie ein Bettlaken so straff über das Lager ihres Bruders, dass es klang, als würde Holz reißen. Da gab es keine Besonderheit, keine Verwunderung – nur ein Mädchen, das fest zupacken konnte, wenn niemand hinsah.
Die Doppkes wohnten zu viert auf 42 Quadratmetern. Das Klo war auf halber Treppe, der Ofen ein Ziehhund, der nie richtig warm wurde. Im Winter trug Else ihre Wollstrumpfhose auch nachts, und wenn es fror, klebten ihre

Haare an der Wand, wenn sie zu nah am
Mauerwerk schlief. Die Milch war dünn, das Brot
mit Sirup bestrichen, das Fleisch kam nur am
Sonntag.
Und doch: Else beschwerte sich nie. Nicht aus
Stolz, nicht aus Erziehung. Es war einfach nicht
ihre Art. Sie sah, dass auch andere nichts hatten.
Warum also klagen?
Einmal, mit elf, trat sie einem Jungen in den
Magen, der ihrer Schwester den Rock hochzog.
Es war kein wütender Tritt, kein Schreien dabei –
nur ein Ziel, eine Bewegung, eine Konsequenz.
Der Junge kotzte auf die Schuhe seiner Freunde.
Danach ließ man sie in Ruhe.
Mit zwölf schnitt sie ihrer Mutter die Hühneraugen
aus dem Fuß. Nicht, weil sie es gelernt hatte.
Sondern weil niemand sonst es tat. Sie war ruhig
dabei, vorsichtig, präzise. Ihre Mutter sagte
später: „Die Else ist wie'n Uhrmacher – nur dass se
dich dabei ansieht, als wärste 'ne Uhr, die nix
wert ist."
Es war ein karges Leben, aber kein
hoffnungsloses. Die Tage kamen wie graue
Brüder und gingen wie nasse Lumpen. Es gab
Feste mit trockenen Brötchen und Musik aus dem
Radio, es gab Kranksein mit kalten Umschlägen,
es gab das erste Mal Blut in der Unterhose, das
man wegwischte wie einen Klecks Tinte.
Else hatte keinen Traum. Nicht den von der
großen Liebe, nicht den von einem weißen Kleid
oder einer Reise nach Wien. Wenn man sie
fragte, was sie später werden wolle, zuckte sie mit
den Schultern. Vielleicht Schneiderin, wie die

Mutter. Oder etwas anderes, das mit Händen zu tun hatte. Etwas, das man nicht erklären musste. Sie spielte nicht mit Puppen. Sie sammelte Schraubverschlüsse und flache Steine. Einmal schrieb sie mit Kreide ein Wort auf den Hof, das keiner verstand: **drücken**. Die Nachbarin lachte und sagte, das Kind solle lieber rechnen lernen. Else wischte das Wort fort, aber nicht aus ihrem Kopf.

Wenn sie traurig war, zeigte sie es nicht. Wenn sie glücklich war, auch nicht. Ihre Schwester sagte einmal: „Die Else, die hat das Glück irgendwo in sich drin, wo keiner drankommt." Und vielleicht war das wahr.

Denn Else wuchs nicht zu einem fröhlichen Mädchen heran. Sie wurde eine, die schaute, wenn andere redeten. Die wusste, wo das heiße Wasser steht. Die früher verstand, wenn einer log. Die Hände hatte wie für etwas gebaut, das noch nicht da war.

Und draußen, hinter der Stadtgrenze, schlugen die Möwen schon ihre Kreise. Aber davon wusste Else noch nichts.

Noch nicht.

Kapitel 2 – Die Lehre bei Frau Zitzewitz

Mit vierzehn ging Else von der Schule ab. Keine Tränen, keine Zeugnisfeier, kein Blick zurück. Die Lehrerinnen schüttelten ihre Hände nicht. Die Mutter schüttelte ihre Schultern: „So. Jetzt wirste was. Wirst sehn, das Leben macht keinen Spaß." Die Entscheidung fiel ohne viele Worte. Ein Brief, ein Termin, ein Händedruck. Else kam in die Lehre bei einer gewissen Frau Zitzewitz, Inhaberin eines kleinen Wäschereibetriebs in der Gneisenaustraße. Vier Zimmer, zwei Mangelmaschinen, drei alte Frauen und eine Chefin mit Doppelkinn und Kittelschürze, die sprach wie ein Beil.

Am ersten Tag sagte Frau Zitzewitz: „Hände zeigen." Else tat es. „Feste Finger. Gut. Dann nix kaputtmachen, und morgens immer durchlüften."

Der Ton war rau, der Geruch stechend: nasses Leinen, Bohnerwachs, altes Gummi. Else gewöhnte sich schnell. Sie trug die Körbe, rollte Laken, stand still, wenn die Alte schimpfte. Die anderen Mädchen kicherten über Männer und Matrosen, über Zungen und Zahlen. Else hörte zu, aber lachte nie. Man nannte sie bald nur „das Trumm".

Die Arbeit war monoton, aber ehrlich. Else mochte, dass Stoffe sich falten ließen, dass sie weich oder glatt wurden, dass sie ihren Willen annahmen. Am liebsten war ihr die Mangel. Die Walzen, das rhythmische Stampfen, das heiße Metall. Etwas daran beruhigte sie. Als müsste sie nicht mehr denken. Nur drücken, ziehen, legen.

Einmal blieb ein Spitzentaschentuch in der Walze
stecken. Else riss sich die Fingerknöchel auf, um es
zu retten, bevor es verbrannte. Frau Zitzewitz
schüttelte nur den Kopf. „Für die feine Kundschaft
muss man's wohl tun."
Else fragte nicht nach, aber sie merkte sich,
welche Kisten nie etikettiert waren und besonders
dufteten. Dort lagen BHs mit Monogramm,
Strapse mit kleinen Stickereien. Nichts davon war
für die Fischfrauen vom Markt bestimmt. Es war für
Damen, die man nicht bei Tageslicht sah – und
deren Wäsche anders roch. Nach Parfüm, Rauch
und vielleicht auch nach Männern.
Nachmittags putzte Else die Böden. Einmal
erwischte sie eine Maus mit dem Besenstiel – nicht
aus Wut, sondern aus Reaktion. Die anderen
kreischten. Frau Zitzewitz sagte: „Die Else is' kein
Mädchen. Die is' Werkzeug."
Doch selbst ein Werkzeug hat ein Innenleben.
Und Else spürte zum ersten Mal, dass sie anders
war als früher. Ihre Schultern wurden breiter, die
Brust schwerer. Im Spiegel sah sie ein Gesicht, das
nicht schön war, aber fest. Nicht weich, aber
klug. Die Lippen voll, die Augen dunkel, aber wie
ohne Fragestellung. Ein Gesicht, das keine
Zustimmung brauchte.
Sie nahm keine Notiz von sich selbst, wie andere
es taten. Keine Frisur, kein Lippenbalsam, kein
Gegluckse vorm Spiegel. Und doch: Ihr Körper
wurde ihr bewusster. Nicht als etwas zum Zeigen,
sondern als etwas, das reagierte. Manchmal
spürte sie ein Ziehen in sich, nachts, wenn sie von
nichts träumte und dennoch schweißgebadet
erwachte.

Sie sprach mit niemandem darüber. Auch nicht, als sie beim Waschen in der Kammer einmal so zitterte, dass sie sich setzen musste. Es war kein Fieber. Kein Hunger. Etwas anderes. Tiefer.
Einmal sagte Frau Zitzewitz beim Falten: „Du kannst mehr als die meisten. Aber du weißt nix vom Leben." Else schwieg. Was hätte sie sagen sollen? Dass sie mit sechzehn die Berührung anderer nur dann ertrug, wenn sie aus Zweckmäßigkeit geschah?
Die anderen Lehrmädchen tuschelten viel. Über den Fleischer, über Heiratskandidaten, über Filme. Eines Tages redeten sie über Männerhände – welche sie schön fanden, welche nicht. Else sah ihre eigenen Hände an. Fest, breit, mit kurzen Nägeln. Und sie mochte sie. Weil sie funktionierten.
Als die Jüngste in der Wäscherei Geburtstag hatte, wurde Kuchen gebracht. Else brachte nichts mit, aber sie schnitt den Kuchen in exakte Stücke. Die Mädchen kicherten über einen Kunden, der "mit den Augen ausgezogen" habe. Else verstand den Ausdruck nicht. Oder sie verstand ihn, aber er ließ sie kalt.
Mit siebzehn bekam sie zum ersten Mal ein Lob. Frau Zitzewitz, zwischen zwei Körben stehend, sagte: „Du bist meine Beste. Wenn du mit zwanzig noch hier bist, kriegst du ne eigene Ecke." Else nickte. Das war kein Traum, aber ein Platz. Und ein Platz war in diesen Zeiten fast so viel wie ein Zuhause.
Doch Else wusste, dass etwas in ihr arbeitete. Kein Wunsch, kein Ehrgeiz. Eine Unruhe. Ein Sog. Sie

wusste nicht, wohin er führte, nur dass er stärker
wurde, je länger sie unter Neonlicht stand.
In einem alten Schulheft, das sie in der Schublade
fand, begann sie heimlich Muster zu zeichnen.
Nicht Blumen. Keine Herzen. Sondern Faltenwürfe,
Kanten, Geometrien aus Stoffbahnen. Sie
zeichnete die Bewegung eines Lakens beim
Auswringen. Den Winkel, in dem es tropfte.
Niemand sah das Heft. Und hätte man es
gesehen, hätte man es wohl nicht verstanden.
An einem Samstag durfte sie eine Lieferung zu
Fuß zum Hotel „Hansekai" bringen. Eine Frau in
einem weinroten Kleid öffnete. Das Kleid war aus
schwerem Stoff, aber es fiel wie Wasser. Die Frau
roch nach süßem Rauch. „Danke, mein Kind",
sagte sie. Ihre Stimme war wie zerkratzte
Schallplatte.
Else stand noch auf dem Flur, als ein Mann mit
Hut vorbeiging. Er grüßte nicht. Die Frau nickte
ihm zu und schloss dann die Tür mit zwei Riegeln.
Else ging langsam zurück. Die Häuser der
Gneisenaustraße wirkten niedriger als sonst.
Ein paar Wochen später ging sie nach der Arbeit
nicht direkt heim. Stattdessen bog sie zum Hafen
hin ab. Sie hatte keine Absicht. Nur Schritte. Sie
folgte dem Geräusch der Möwen und fand sich
am Kai wieder.
Dort saß sie auf einem Poller und sah den
Lastkähnen zu. Ein Mann spielte Akkordeon, ein
Hund pinkelte gegen ein Tau, irgendwo luden sie
Fässer aus. Sie sah Frauen in zu hohen Schuhen.
Männer mit Zigaretten und viel zu breiten
Schultern. Niemand kannte sie. Niemand fragte.
Und sie blieb dort, bis es dunkel wurde.

Zuhause sagte sie, sie sei länger arbeiten
gewesen. Die Mutter sagte nur: „Iss was."
Else aß. Und sprach nicht davon, dass sie am
Hafen ein Ziehen gespürt hatte. Kein Schmerz.
Kein Hunger. Nur ein seltsames Gefühl von: **Hier ist
etwas. Nicht für jetzt. Aber für bald.**

Kapitel 3 – Der Gang zur Bernhard-Nocht-Straße

Die Wäscherei war nicht mehr das, was sie mal
war. Zwei der alten Frauen hatten aufgehört – die
eine wegen des Rückens, die andere wegen des
Herzens. Frau Zitzewitz suchte neue Hilfe, aber die
jungen Mädchen wollten keine Arbeit mehr, bei
der die Finger schrumpelten wie Rosinen. Und so
wurden es weniger – weniger Hände, weniger
Stimmen, weniger Ablenkung.
Else arbeitete weiter wie bisher. Nur dass sie nun
nicht mehr nur Körbe trug, sondern Listen schrieb.
Kontrollierte. Zusammenlegte. Frau Zitzewitz gab
ihr immer mehr Aufgaben, sagte: „Du bist so
stumm, du hörst wenigstens nicht auf zu
schaffen.“
Eines Morgens, kurz nach Pfingsten, sagte die
Alte, ohne sie anzusehen: „Du bringst heute das
Paket zur Nummer 71. Große Lieferung. Geh
durch den Hinterhof. Nicht fragen, nicht trödeln.“
Else nickte. Keine Erklärung, keine Adresse, nur
eine Zahl. Das war nicht ungewöhnlich. Manches
wurde diskret gehandhabt – und wer zu viel
fragte, hatte bald nichts mehr zu tragen.
Die 71 war ein gelber Altbau mit stuckierter
Fassade, nicht weit von der Bernhard-Nocht-
Straße, hinter der das Hafenlicht schon silberner
schimmerte. Der Eingang war unscheinbar, der
Flur dunkel. Else trug die große Kiste mit beiden
Armen, sie war nicht schwer, aber voll – duftend,
weich, mit Spitzenschatten im Stoff.
Ein Mann öffnete. Er war dick, trug eine rote
Krawatte über einem schmierigen Hemd, hatte
die Haare nach hinten gekämmt und sprach mit

einem Dialekt, den Else nicht zuordnen konnte.
„Für Madame? Gut. Stell's da ab." Er zeigte mit
dem Kinn in einen Seitengang.
Else trat ein. Der Boden war mit altem Linoleum
belegt, aus dem Ecken fehlten. In der Luft lag ein
seltsamer Geruch – nicht schlecht, aber schwer.
Nach Schminke, Rauch, Haut und etwas, das Else
nicht benennen konnte.
Sie stellte die Kiste ab, sagte „Guten Tag" und
wollte gehen, da öffnete sich eine Tür. Eine Frau
kam heraus. Groß, geschminkt, mit einem
hellgrünen Morgenmantel, unter dem etwas
Schwarzes durchschimmerte. Ihre Stimme war
tief. „Du bist die Neue?"
Else schüttelte den Kopf. „Ich bring nur die
Wäsche."
Die Frau lächelte – aber nicht freundlich. Eher wie
jemand, der weiß, dass er angeschaut wird. „Na
dann. Sag der Zitzewitz, sie soll beim nächsten
Mal weniger Stärke nehmen. Sonst kriegen wir's
nicht gebügelt."
Else nickte und verließ das Haus. Draußen roch es
nach Tang und Teer, nach Hafen. Sie ging nicht
sofort zurück. Stand noch ein paar Minuten in der
Seitenstraße und sah, wie eine zweite Frau in
hohen Schuhen durch dieselbe Tür trat. Ihr Kleid
war eng, ihr Gang langsam. Kein Lachen. Kein
Ziel.
In der Wäscherei sagte sie nichts weiter. Übergab
nur den Zettel. Frau Zitzewitz sah ihn kaum an.
„War alles ruhig?" – „Ja."
In den folgenden Wochen wurde sie öfter
geschickt. Immer dieselbe Adresse. Immer
dieselbe Männerstimme. Manchmal ein anderer

Geruch, ein anderes Geräusch. Lachen. Husten.
Musik. Manchmal hörte sie das Quietschen eines
Betts, das keinen Schlaf trug. Sie gewöhnte sich
daran – nicht an das, was sie sah oder hörte,
sondern an das Weglassen von Fragen.
Einmal musste sie im Flur warten, weil niemand
öffnete. Durch eine angelehnte Tür sah sie einen
Raum mit roten Vorhängen, einem großen
Spiegel, einer Couch, auf der jemand lag – ein
Mann, nur mit Socken bekleidet, eine Frau auf
ihm. Ihre Bewegungen waren langsam, fast
mechanisch. Else sah nur Sekunden, dann wurde
die Tür geschlossen.
Niemand sprach darüber. Auch sie nicht. Aber
etwas hatte sich verschoben.
Zuhause sagte sie, sie habe länger gearbeitet.
Die Mutter hörte ohnehin nicht zu. Sie war
inzwischen müde von allem. Ihre Schwester war
längst in ein Dorf bei Lübeck gezogen –
geheiratet, ein Kind, ein Herd.
Else blieb. Stand früh auf, ging zur Arbeit, trug
Pakete, kontrollierte Wäsche. Doch mit jeder
Lieferung wuchs ein Blick in ihr, den sie noch nicht
benennen konnte. Kein Begehren. Kein Ekel. Nur
eine Art Wissen, das sich in Falten legte wie ein
Stoffrest in der Mangel: **Da ist eine Welt, die du
nicht verstehst. Noch nicht.**
Einmal sagte Frau Zitzewitz: „Wenn du das noch
dreimal machst, zahl ich dir was extra." Else sagte
nicht ja, nicht nein. Sie ging einfach wieder los.
Die Kiste war diesmal schwerer. Unten ein Geruch
nach Alkohol. Oben Spitze, fein gefaltet, mit
Monogrammen.

Als sie abermals zur 71 kam, wartete die Frau im grünen Morgenmantel bereits im Flur. Sie roch süßlich, die Lider schwer geschminkt. „Wie heißt du eigentlich?"
„Else."
„Else was?"
„Doppke."
Die Frau lachte. „Klingt wie 'ne Suppendose. Aber du siehst nicht aus wie Suppe."
Else sah sie an, sagte nichts. Die Frau betrachtete sie einen Moment, dann meinte sie leiser: „Wenn du mal was anderes willst als Wäsche schleppen… hier ist immer jemand, der nach kräftigen Händen sucht."
Else schwieg. Zum ersten Mal jedoch merkte sie, dass Schweigen auch eine Art von Antwort sein konnte, die man ihr anmerkte. Die Frau nickte, ohne weiter zu sprechen. Sie wusste: Dieses Mädchen würde eines Tages wiederkommen. Nicht heute. Aber irgendwann.
In der Wäscherei fragte niemand, wie es war. Nur Frau Zitzewitz sagte einmal, während sie ein Laken faltete: „Dort kriegt man gut Trinkgeld. Wenn man nicht zu viel fragt."
Else fragte nicht. Aber sie hörte mehr. Sah mehr. Riecht Dinge, die sie nicht einordnen konnte. Sie wusste, dass manche Stoffe mehr tragen als Schweiß. Dass ein Abdruck mehr erzählen konnte als ein ganzer Satz. Dass ein BH mehr war als ein Kleidungsstück – für manche eine Uniform, für andere ein Versprechen.
Manchmal träumte sie von roten Lichtern. Von Stimmen, die nicht sprachen, sondern verlangten. Von Musik, die durch Mauern kroch. Morgens war

sie stiller als sonst. Und ihre Finger glitten fester
über den Stoff, als wollte sie etwas herauspressen,
das nicht sichtbar war.
Dann, eines Nachmittags, trat sie beim Heimweg
nicht den bekannten Weg an, sondern bog links
ab. In Richtung Hafen. Weiter, als sie sonst ging.
Die Sonne stand tief, das Licht war goldbraun
und klebrig. Sie lief vorbei an Buden, an einem
alten Kino, an Fenstern mit verdreckten Gardinen.
Männer standen in Gruppen. Frauen saßen allein.
Es war laut – aber auch stumm.
Ein Seemann sprach sie an. „Haste mal Feuer?" –
„Ich rauch nicht." – „Schade. So feste Hände, da
will man glatt anpacken."
Sie ging weiter, ohne zu antworten.
Er lachte, nicht böse. „Nächstes Mal vielleicht!"
Sie ging noch bis zur Hafenkante. Sah auf das
Wasser, das sich in dunklem Kupfer kräuselte. Es
war windstill. Keine Schiffe, nur die Reflexe der
Lampen auf den Wellen.
Dort stand sie eine Weile. Nicht als Mädchen.
Nicht als Frau. Nicht als Wäschermagd. Nur als
jemand, der spürt, dass ein Teil des Lebens an
einem Ort wartet, den man nicht mit Fragen
erreicht. Nur mit Schritten.
Dann ging sie zurück.
Am nächsten Tag stand sie wieder an der
Mangel. Faltete Stoff. Zählte Knöpfe. Und dachte
an nichts – oder vielleicht doch an etwas.
Etwas, das ihren Namen noch nicht kannte. Aber
schon auf sie wartete.

Kapitel 4 – Die Einladung

Der Sommer in Hamburg kam mit einer Hitze, die
die Luft schwer machte wie nasses Tuch. Der
Asphalt glänzte mittags, und der Schweiß stand
auf den Armen wie gläserne Punkte. In der
Wäscherei roch es mehr denn je nach
aufgekochter Stärke und altem Körper.
Else arbeitete wie immer. Doch in ihr arbeitete
etwas mit. Kein Fieber. Kein Gedanke. Eher wie
ein zweiter Puls – einer, der in eine andere
Richtung schlug.
Sie brachte weiterhin Pakete zur 71. Manchmal
wurde sie erkannt, manchmal übersehen. Die
Männer grüßten nicht, die Frauen manchmal. Es
war eine Welt mit eigenen Regeln, die Else
beobachtete wie ein Kind durch das
Schaufenster einer Puppenstube.
An einem Dienstag im August öffnete nicht der
dicke Mann mit der roten Krawatte, sondern eine
Frau, die sie noch nie gesehen hatte. Blond, blass,
mit schmalen Lippen und einer Zigarette
zwischen den Fingern, die sie nie rauchte. Sie sah
Else kurz an, dann sagte sie: „Warte einen
Moment."
Else trat ein. Der Flur war kühl, die Luft träge.
Stimmen klangen durch Wände, dumpf, wie
durch Wasser.
Dann erschien Madame. Die Frau im grünen
Morgenmantel trug diesmal Schwarz, das Haar
streng zurückgebunden, das Gesicht glänzend
gepudert. Sie lächelte nicht.
„Else", sagte sie. „Ich möchte etwas
vorschlagen."

Else schwieg.

„Wir haben einen Engpass. Eine unserer Mädchen ist… sagen wir, auf Heimaturlaub. Wir brauchen Hände. Nicht für Gäste. Für Ordnung. Für Wäsche, für Betten. Für das, was sauber macht, was die meisten nicht sehen wollen."

Else stand still. Ihre Hände hielten noch die Kiste. Ihr Blick blieb ruhig.

„Es ist gut bezahlt", sagte Madame. „Besser als das Schleppen bei Zitzewitz. Und es ist ehrlich. Du siehst, was du tust."

Else sagte nach einem Moment: „Ist das Arbeit? Oder was anderes?"

Madame nickte leicht. „Arbeit. Nur Arbeit."

Sie dachte nicht lange. Nicht, weil sie sich entschied – sondern weil ihr Körper vor ihr entschieden hatte. Er war ruhig. Nicht nervös. Nicht aufgewühlt. Nur bereit.

„Ich komm morgen."

„Gut", sagte Madame. „Sechs Uhr. Hintereingang."

Am nächsten Tag erzählte sie Frau Zitzewitz, sie müsse für eine Woche ihre Schwester in Lübeck besuchen. Die Alte winkte nur ab. „Mach, was du willst. Solang du zurückkommst, bevor Weihnachten ansteht."

Else packte nichts. Sie ging einfach. Früh, noch vor dem Morgenschatten. Der Weg war vertraut. Der Hof zur 71 war leer, der Himmel fahl.

Ein junger Mann öffnete. Anfang dreißig, mit schiefer Haltung und Bartstoppeln wie gemalt. Er zeigte wortlos nach hinten. Else folgte.

Sie wurde in einen Raum geführt, der nicht anders war als ein Waschraum. Ein Tisch, eine alte

Zinkwanne, ein Stapel Laken, ein Kessel mit
heißem Wasser. Keine Musik. Kein Lachen.
Madame trat ein. „Du bist pünktlich. Gut. Wasch
das. Trockne das. Sortier das. Wenn du etwas
siehst, was du nicht verstehst, schau weg. Wenn
du etwas riechst, was dir zu viel ist, halte durch."
Else nickte.
Sie arbeitete drei Tage dort. Still. Genau. Schnell.
Die Wäsche war anders als die in der
Gneisenaustraße. Feiner. Manchmal beschädigt.
Einmal mit Lippenstift am Saum. Einmal mit etwas,
das aussah wie Blut.
Sie fragte nicht.
Am dritten Abend trat Madame zu ihr, als sie
gerade ein Korsett auswrang.
„Du bist gründlich."
Else sagte nichts.
„Möchtest du mehr tun?"
Der Satz war leicht gesagt, aber schwer in der
Luft.
„Was heißt mehr?"
„Etwas, das mehr bringt. Und mehr verlangt."
Else sah sie an. Lange.
„Ich bin keine für Männer."
Madame lächelte. Nicht höhnisch. Eher wie eine
Lehrerin, die weiß, dass das Kind die Aufgabe
verstanden hat, aber noch nicht lösen kann.
„Das entscheidet nicht dein Körper. Das
entscheiden die Männer. Und dein Nein."
Else sagte: „Dann nein."
Madame nickte. Wieder ohne Urteil.
„Dann bleib beim Waschen. Solange du willst."

Sie blieb. Noch vier Tage. Dann ging sie zurück zu
Frau Zitzewitz, die nichts fragte, nur ein neues
Knopfglas überreichte.
Doch Else war nicht mehr dieselbe. Nicht weil sie
etwas getan hatte. Sondern weil sie zum ersten
Mal ein Angebot ausgeschlagen hatte, das mehr
war als ein Angebot. Es war ein Tor. Und sie hatte
es zugezogen.
Aber das Klacken des Riegels blieb in ihr.
Zuhause roch ihre Kleidung anders. Nach Seife,
ja. Aber auch nach anderem. Ihre Mutter sagte:
„Du riechst nach Fremde."
Else schwieg.
Nachts träumte sie vom Korsett. Nicht, wie es
getragen wurde. Sondern wie sie es auswusch,
mit festen Händen, während jemand durch eine
Milchglasscheibe zusah.
Sie träumte davon, wie sie die Knöpfe zählte,
einen nach dem anderen. Bis einer fehlte.
Sie wachte auf, ohne zu frieren, aber mit einer
Schwere in der Brust, die nicht von Schlaf kam.
An einem Sonntag ging sie zum Hafen. Setzte sich
auf die Bank, wo sie früher gesessen hatte.
Dieselben Geräusche. Dieselbe Luft. Doch sie
spürte: Der Ort war nicht mehr außen. Er war in
ihr.
Und das Wasser sah aus, als hätte es ihren
Namen gehört.

Kapitel 5 – Der Zwischenfall

Der Herbst kam früh in diesem Jahr. Die Luft roch nach altem Apfel und kaltem Eisen. In der Gneisenaustraße war das Licht flacher, die Stimmen leiser, und selbst Frau Zitzewitz sprach seltener.
Else arbeitete wie immer. Doch in ihr war es anders. Als hätte jemand eine neue Seite in ihr aufgeschlagen – eine, die nicht laut war, aber voll. Voll mit Fragen, mit Eindrücken, mit einem seltsamen Vibrieren, das sie nicht kannte.
Sie brachte wieder regelmäßig Wäsche zur 71. Madame war freundlich, aber zurückhaltend. Man respektierte Else. Vielleicht, weil sie nie fragte. Vielleicht, weil sie nichts wollte. Vielleicht, weil man ahnte, dass sie etwas konnte, das sie selbst noch nicht wusste.
Eines Tages kam sie später als üblich. Es war nasskalt, und ihre Schuhe waren vom Weg durchnässt. Sie trug eine größere Kiste als sonst. Drinnen lagen Seidenhemden, Strumpfhalter, ein Männerhemd mit Monogramm, das sie versehentlich überbügelt hatte. Sie hoffte, es würde niemand merken.
Am Hintereingang stand ein Mann, den sie nicht kannte. Groß, mit grober Haut, einem karierten Mantel und einer Zigarette zwischen den Zähnen, die er nicht rauchte.
„Du bringst das Zeug, ja?“
Else nickte.
Er nahm ihr die Kiste nicht ab, sondern trat einen Schritt zur Seite. Sie ging an ihm vorbei, trat ein,

stellte die Kiste ab. Als sie sich umdrehte, war er
ihr gefolgt.
„Zeig mal, was drin ist."
„Ich stell's nur ab."
„Du hast'n schönen Gang."
Else sagte nichts.
Er trat näher.
„Ich hab gehört, du bist neu hier. Frisch."
Sie roch seinen Atem – feucht, billig, ein Rest
Wurst. Ihre Hände lagen auf dem Deckel der
Kiste. Nicht zur Abwehr. Nur zur Stabilität.
Er griff nach ihrem Ellbogen.
„Ich mein's nicht böse."
Sie bewegte sich nicht.
„Du bist still. Ich mag das. Die Stillen machen nie
Ärger."
Seine Hand rutschte höher.
Dann geschah es.
Ein Geräusch. Nicht laut. Eher wie ein
abreißender Ast. Dann sein Gesicht – zuerst
überrascht, dann verzerrt.
Er sackte zusammen. Nicht bewusstlos, aber
kraftlos. Als hätte jemand den Strom
abgeschaltet. Er hielt sich die Leiste, sein Atem
war stoßweise.
Else stand noch immer dort. Ihre Hände auf der
Kiste. Ihre Augen ruhig.
Madame kam, als sie ihn noch auf dem Boden
hocken sah. Sah zu Else. Dann zu ihm.
„Was ist passiert?"
„Er hat mich angefasst."
Mehr sagte sie nicht.
Madame kniete sich zu dem Mann, flüsterte
etwas. Er schüttelte den Kopf, presste die Lippen

zusammen. Kein Schrei. Kein Wort. Nur ein Blick –
ängstlich, verletzt, beschämt.
Er stand auf. Humpelnd. Verließ das Haus, ohne
sich umzudrehen.
Madame schloss die Tür, drehte den Riegel um,
wandte sich zu Else.
„Was war das?"
„Ich hab nichts gemacht. Ich hab nur… ich hab
mich angespannt. Ich hatte Angst. Es war wie ein
Reflex."
Madame sah sie lange an. Dann trat sie näher.
„Er hat dich angefasst?"
Else nickte.
„Und du hast… was genau gespürt?"
Else zögerte.
„Es war wie… als würde mein ganzer Körper sich
schließen. Als hätte etwas gesagt: Jetzt nicht."
„Hat er dir wehgetan?"
„Nein."
„Aber du ihm?"
Else schwieg. Dann: „Ich wollte nicht."
Madame trat einen Schritt zurück. Dann nickte
sie, langsam, als würde sie rechnen.
„Du bleibst jetzt erstmal nicht mehr hinten. Du
machst wieder nur Wäsche."
Else sagte: „Bin ich gefeuert?"
„Nein", sagte Madame. „Du bist interessant."
Sie ging.
Am nächsten Tag sprach niemand über das, was
geschehen war. Aber die Stimmung hatte sich
verändert. Der dicke Mann mit der roten
Krawatte grüßte plötzlich. Die blonde Frau sah
weg, wenn Else kam. Und Madame sagte nichts
mehr, aber ließ sie nicht aus den Augen.

Else arbeitete still weiter. Doch in ihr arbeitete etwas mit. Kein Stolz. Kein Triumph. Nur ein tiefes Unverständnis. Was war da passiert? War es Zufall? Eine Art Krampf? Eine ungewollte Reaktion?

Sie ging nach Feierabend nicht nach Hause. Stattdessen lief sie zum Hafen. Nicht zum Sitzen, nicht zum Nachdenken. Einfach, um zu laufen. Der Körper bewegte sich anders. Fester. Als hätte sich etwas in ihr verhärtet, nicht sichtbar, aber real.

In der Nacht träumte sie von dem Moment. Aber in umgekehrter Richtung. Der Mann fiel nicht. Er verschwand. Wurde kleiner, bis nur noch der Raum da war. Und Else stand mittendrin, allein, aber nicht schwach.

Zwei Tage später kam eine Lieferung zurück. Eine der Frauen hatte gesagt, die Wäsche sei zu scharf gestärkt, das Korsett drücke. Else wusste, sie hatte es exakt gemacht wie immer. Doch irgendetwas in ihr sagte: Vielleicht ist das jetzt so. Vielleicht drücken Dinge, wenn sie es müssen.

Madame sprach sie wieder an, als sie ein Bügeleisen aus der Steckdose zog.

„Wenn du willst, reden wir. Wenn du nicht willst, arbeite weiter."

Else sagte: „Ich weiß nicht, was ich sagen soll."

Madame antwortete: „Dann hör weiter hin."

Und Else hörte. Auf die Stoffe. Auf die Stimmen. Auf ihren Körper, der nicht schwieg, sondern flüsterte – von Dingen, die kein Wort kannten.

Sie wusste: Es war etwas passiert. Nicht äußerlich. Sondern in der Art, wie sie Raum einnahm. Wie sie nicht wich. Wie sie stand.

Vielleicht war das der Anfang.
Vielleicht der Moment, in dem man vom
Werkzeug zur Wirkung wird.

Kapitel 6 – Der Name

Es war ein Dienstag im Spätherbst, als Else zum ersten Mal hörte, wie man sie nannte. Es war keine öffentliche Benennung, kein Tusch, kein Spott, sondern ein Wort, das fiel wie ein heruntergerutschtes Taschentuch: unabsichtlich, aber nicht zufällig.

Zwei Frauen aus dem Etablissement – Else kannte ihre Namen nicht, nur ihre Stimmen – standen im Flur, dort wo das Licht zu dunkel war, um es Tageslicht zu nennen, und zu warm, um ganz ehrlich zu sein. Eine der beiden lachte, rau und tief, wie von innen heraufgerollt.

„Die Plättnerin war wieder da."

Else trug gerade einen Korb mit Unterkleidern in den Wäschekeller, blieb einen Moment stehen, nicht aus Neugier, sondern weil ihr der Boden ein wenig zu glatt erschien. Die Stimmen hinter der Ecke zitterten nicht, waren nicht flüsternd, eher beiläufig – so, wie man über Wetter oder Suppen spricht.

„Wen hat sie denn diesmal erwischt?"

„Den Schwenke. Du kennst ihn doch – der mit dem Schnurrbart wie ein schiefgegangenes Komma. Lag nachher in der Küche wie eine Flunder."

Lachen.

„Was hat sie gemacht?"

„Gar nichts. Einfach nur… gedrückt, sagt er. Aber ich glaub ja, der hat sich erschreckt, als sie ihn angelacht hat."

Lachen. Wieder dieses tiefe, kehlige Lachen, das nicht gemein war, aber auch kein Mitleid trug.

Else ging weiter. Kein Schritt schneller, kein Blick zur Seite. Aber das Wort blieb: Plättnerin.

Es war ein hässliches Wort, irgendwie alt. Es klang nach Wäschebrett, nach Keller, nach Druck. Es hatte nichts mit Zierlichkeit zu tun, nichts mit Locken oder Seide. Und doch – es passte. Vielleicht sogar mehr, als sie verstand.

Sie sprach niemanden darauf an. Auch Madame nicht, die in diesen Tagen ruhiger geworden war. Sie beobachtete Else, das schon, aber mit weniger Urteil. Eher wie jemand, der ein Werkzeug prüft, von dem er noch nicht ganz weiß, ob es selten ist oder gefährlich.

Die Wäsche kam weiterhin regelmäßig, aber anders verpackt. Manchmal lagen Zettel bei – kleine Hinweise wie: *„Bitte dieses Mal vorsichtiger mit dem Korsett."* Oder: *„Knöpfe an der Seite bitte nicht zu fest anziehen."* Else befolgte alles, schrieb nie zurück. Doch in ihr arbeitete ein neues Gefühl. Kein Stolz. Kein Zorn. Eher so etwas wie: **Achtung.** Nicht nach außen – sondern in sich selbst hinein.

Was hatte sich verändert? Hatte sich überhaupt etwas verändert? Oder war es nur das Sprechen darüber, das die Dinge anders machte?

Einmal stand sie am Fenster des Wäscheraums, draußen wehte der Wind die Wäscheleinen auf und ab wie Zungen. Und sie dachte: Vielleicht war das Wort – Plättnerin – gar nicht abwertend. Vielleicht war es nur ehrlich. Sie machte etwas flach, ja. Sie presste. Sie brachte Dinge in Form. Nicht absichtlich. Nicht geplant. Aber wirksam.

In den Tagen danach fiel das Wort häufiger. Nie direkt zu ihr, aber nie weit weg. Es war wie eine neue Kachel in der Wand, die niemand aufgehängt hatte, aber plötzlich da war.

„Die Plättnerin ist wieder pünktlich."

„Die Plättnerin hat diesmal zu fest gezogen."

„Die Plättnerin hat ihn fast geweint gemacht."

Else sagte nichts. Aber sie spürte, dass man begann, sie zu sehen – nicht als Mädchen, nicht als Wäscherin, sondern als etwas, das außerhalb der gewohnten Ordnung stand. Sie war keine von den anderen. Und auch keine, die man einfach einordnete. Sie war eine… Erscheinung. Oder zumindest wurde sie dazu gemacht.

In der Gneisenaustraße merkte niemand etwas. Frau Zitzewitz war froh, dass Else wieder regelmäßig kam. Sie sprach nicht mehr von eigener Ecke, aber ließ Else machen. Und Else machte. Sie war schneller geworden, präziser. Ihre Hände arbeiteten wie von allein. Aber ihr Kopf war anders beschäftigt.

Sie begann, kleine Skizzen zu machen. Nicht von Menschen. Nicht von Gesichtern. Sondern von Bewegungen. Vom Biegen eines Löffels. Vom Knick in einem Gürtel. Vom Abdruck eines Knopfes auf Stoff. Immer ging es um Druck, um Linie, um Spannung.

Einmal zeichnete sie ihre eigene Hand, wie sie eine Falte hielt. Es war kein schönes Bild. Aber ein genaues.

Sie fragte sich: War es immer schon so gewesen? Hatte sie schon früher diese Kraft gehabt? Und wenn ja – warum war sie nie aufgefallen? Oder hatte sie sich erst jetzt entfaltet, wie ein Muskel, der nur durch einen Auslöser wach wurde?

In einer stillen Stunde – es war kurz vor Feierabend
– stand sie vor dem Spiegel im Waschraum. Sie
sah sich nicht lange an, nur ein paar Sekunden.
Dann spannte sie ihren Körper an. Nicht sichtbar.
Nur innen. Wie ein Zurückziehen, ein Verdichten.
Ein Ballen von Energie. Und dann ließ sie los.
Es fühlte sich an wie ein Zucken in der Tiefe. Keine
Erregung. Keine Lust. Etwas Drittes. Etwas, das
nirgends passte.
Am nächsten Morgen erzählte ihr die blonde Frau
im Flur, dass „noch so ein Mutiger" gewesen sei.
Einer, der „wissen wollte, ob die Geschichten
stimmen." Sie sagte es mit einem Augenzwinkern.
Aber Else merkte: Das Zwinkern war nicht nur
Spaß. Es war auch Respekt. Vielleicht sogar
Furcht.
Später sah sie ihn. Groß, jünger als die anderen,
mit breiten Schultern. Er ging an ihr vorbei, ohne
Gruß. Aber sein Gang war anders. Nicht
entschlossen. Eher vorsichtig. Und als er wieder
ging – dreißig Minuten später – hatte er ein
leichtes Hinken im rechten Bein.
Else beobachtete ihn durch das Fenster. Und sie
wusste, ohne gefragt zu haben: **Er gehört jetzt
dazu. Zu denen, die wissen.**
Sie fragte sich, ob das so bleiben würde. Ob sie
fortan ein Prüfstein war, ein Ritual, eine Mutprobe.
Und ob das schlimm war.
In der Nacht konnte sie nicht schlafen. Der Regen
peitschte gegen das Fenster, und irgendwo
schrie ein Mann im Traum. Nicht sie. Einer
draußen. Aber es passte.
Sie stand auf, setzte sich an den kleinen Tisch, auf
dem ihre Schwester früher gespielt hatte. Nahm

das Heft, in dem sie zeichnete, und schrieb auf
eine neue Seite ein einziges Wort:
Plättnerin.
Sie sah es an. Doppelte „t", weiches „n". Kein
schönes Wort. Aber eines mit Klang.
Dann nahm sie den Bleistift und strich es durch.
Nicht, weil es falsch war.
Sondern weil sie wusste: **Es wird bleiben, auch
ohne dass sie es aufschreibt.**

Kapitel 7 – Die Mutprobe

Im Winter wurde es früh dunkel in der Bernhard-Nocht-Straße. Das Licht der Laternen war gelblich und unsicher, der Asphalt trug den Regen wie ein zerdrücktes Tuch. Aus den Häusern drang Musik, Gelächter, das gelegentliche Scheppern von Flaschen. Es war die Jahreszeit, in der die Geschichten schneller wuchsen als das Moos an den Mauern.

Else bemerkte zuerst nur den Blick. Ein Mann, den sie nie zuvor gesehen hatte, wartete im Flur. Groß, sehnig, mit einem Schal um den Hals, den er nicht abnahm. Er sagte nichts, als sie vorbeiging, aber sein Blick blieb an ihr haften. Nicht gierig. Nicht freundlich. Eher prüfend, als wäre sie ein Werkzeug, das jemand ausgeliehen, aber nie benutzt hatte.

Sie dachte sich nichts dabei. Doch am nächsten Tag waren es zwei. Einer stand am Fenster, der andere saß auf der Bank im Eingangsbereich. Wieder keine Worte. Wieder dieser Blick.

Am dritten Tag flüsterte die Blonde mit der Zigarette: „Jetzt kommen sie schon aus Lübeck. Hat wohl einer erzählt, was du kannst." Sie sagte es mit einem Lächeln, das nichts Fröhliches mehr hatte. Ihre Stimme war schärfer geworden in den letzten Tagen. Die anderen Frauen schauten seltener zu Else hin, und wenn, dann mit diesen langen Blicken, bei denen man nicht wusste, ob sie Respekt oder Missbilligung bedeuteten.

Madame sagte nichts. Sie nickte nur noch, wenn Else kam. Aber sie wusste. Und Else wusste, dass sie wusste.

Die Männer sprachen nicht mit ihr. Sie bestellten nichts, fragten nichts. Sie kamen mit einer Idee – und gingen mit etwas, das sie entweder stolz oder still machte. Manche lachten später laut, aber mit einem Ton, der nicht aus dem Bauch kam. Andere schwiegen tagelang. Einer ließ sich ein Kühlkissen bringen, ohne Erklärung. Eine der Frauen murmelte: „Hat ihn umgelegt wie'n Seemann im Sturm."

Das Wort „Plättnerin" fiel nun häufiger. Laut, halb im Scherz, halb wie ein Code. Die Gäste fragten: „Ist sie da?" Oder: „Ist heute... die Besondere im Dienst?"

Und dann kamen Wetten. Fünf Mark, zehn Mark, wer sie länger ertrug. Einer trank vorher ein ganzes Glas Korn und murmelte: „Ich bin kein Weichei."

Er kam humpelnd wieder raus. Ohne Hose.

Else wusste von all dem. Nicht, weil man es ihr sagte. Sondern weil sie spürte, wie der Raum sich veränderte, wenn sie ihn betrat. Die Gespräche stockten. Die Lacher verstummten. Selbst das Radio wurde manchmal leiser gedreht. Sie war kein Teil mehr. Sie war ein Moment.

Sie selbst sprach nie darüber. Nicht mit Madame. Nicht mit sich selbst. Was sollte man auch sagen? Dass sie nichts tat? Dass ihr Körper auf etwas reagierte, das sie nicht verstand? Dass es ihr nicht gefiel – aber auch nicht wehtat?

Nur einmal, spät am Abend, blieb sie stehen. Vor dem Spiegel. Sah sich an, lange. Ihr Körper hatte sich verändert. Nicht sichtbar für andere. Aber sie spürte es. Eine Art innere Spannung, als wäre er ein Instrument, das nicht mehr auf das alte Lied

gestimmt war. Ihre Muskeln arbeiteten anders.
Ihre Haut war empfindlicher, aber auch dicker.
Sie stand da, betrachtete sich. Und dann sagte
sie leise: „Ich bin kein Spiel."
Das Wort verhallte. Es war nicht trotzig. Nur eine
Feststellung.
Am nächsten Tag kam ein Mann, der etwas
mitbrachte. Eine Rose. Er legte sie auf den Tresen
und sagte: „Für die Plättnerin. Ob sie mich heil
rauslässt, weiß ich nicht. Aber sie soll wissen: Ich
hab Respekt."
Er lachte nicht. Und Madame nahm die Blume
und stellte sie in ein Glas mit Wasser, ohne
Kommentar.
Else sah sie später. Die Blume. Etwas krumm, ein
wenig welk, aber aufrecht. Und sie wusste: Das
war neu. Nicht weil es Romantik war – das war es
nicht. Sondern weil es die erste Geste war, die
nicht auf Mut beruhte, sondern auf Anerkennung.
Doch die Frauen wurden unruhiger. Eine
beschwerte sich bei Madame. Eine andere
weigerte sich, mit Gästen zu arbeiten, die zuerst
bei Else gewesen waren. Sie sagte: „Die kriegen
danach keinen mehr hoch. Was soll ich mit sowas
anfangen?"
Madame blieb ruhig. Sie war es gewohnt, dass
Menschen in Wellen kamen – und gingen. Sie
wusste: Else war keine Mode. Sie war ein
Phänomen. Und Phänomene konnte man nicht
stoppen. Man konnte sie höchstens steuern.
Also sprach sie mit Else.
Nicht in der Küche. Nicht in einem Büro. Sondern
einfach draußen, im Hof, wo die Mülltonnen
standen und der Wind durch die Ritzen pfiff.

„Sie wollen dich. Aber sie wissen nicht, was sie
kriegen."
Else antwortete nicht.
„Manche denken, du bist ein Trick. Eine
Maschine. Etwas, das sich beweisen will."
„Ich will nichts", sagte Else.
„Genau deshalb. Deshalb kommen sie."
Stille.
„Willst du, dass es aufhört?"
„Ich weiß nicht, was es ist."
„Es ist Angst. Und Sehnsucht. Und Schmerz. In
einer Handvoll Sekunden."
Else nickte langsam. Nicht aus Zustimmung.
Sondern weil sie spürte, dass Madame nicht log.
Dann sagte Madame: „Wir nennen dich nicht
mehr Plättnerin."
Else sah sie an.
„Wie dann?"
Madame zuckte die Schultern.
„Vielleicht Kugelfisch. Weil man bei dir nicht weiß,
wann du stichst. Und weil du schön bist. Auf deine
Art."
Else lachte. Zum ersten Mal seit Wochen. Ein
leiser, kehliger Laut, der kaum bis zur Tür reichte.
„Ich bin nicht schön."
„Doch", sagte Madame. „Aber nicht für jeden."
Als Else am Abend ging, regnete es wieder. Der
Himmel hing tief, die Straßen glänzten. Sie blieb
kurz stehen, bevor sie um die Ecke bog. Dort, wo
früher niemand auf sie gewartet hatte.
Diesmal stand ein Mann da. Er sah sie nur an,
sagte nichts. Und trat zur Seite, um ihr den Weg
freizumachen.
Else ging vorbei, ohne ihn anzusehen.

Aber sie wusste: Der Wind hatte sich gedreht. Und
mit ihm die Stadt.

Kapitel 8 – Der Bericht

Der Name stand nirgends. Nicht in der Zeitung.
Nicht in den Akten. Nicht auf dem Krankenblatt,
das später auftauchte, wie von selbst. Aber jeder
wusste, wer gemeint war.
„Ein Zwischenfall im Milieu", schrieb die
Hamburger Morgenpost, klein und zwischen
Anzeigen für Gulaschwurst und Leichenwagen:
*„Matrose mit inneren Verletzungen – Ursache
unklar, Behörden vermuten Auseinandersetzung
mit Prostituierter."*
Kein Name. Kein Ort. Nur ein Satz, der das Nichts
meinte und doch alles sagte.
Im Haus in der Bernhard-Nocht-Straße war es
stiller als sonst. Nicht äußerlich – die Musik lief, das
Lachen klang, die Männer kamen. Aber etwas
hatte sich verengt, wie ein Flur, dessen Wände
plötzlich näher rückten.
Der Mann war zwei Tage zuvor gekommen. Jung,
betrunken, mit der Art von Übermut, die nach
außen lachte und nach innen zitterte. Er war laut
gewesen, hatte mit Geldscheinen gewedelt,
hatte einen der anderen Gäste angeschnauzt,
weil er im Weg stand.
„Ich will sie", hatte er gesagt. „Die mit der Presse
zwischen den Beinen. Die Legende."
Madame hatte ihn gesehen, schweigend. Else
hatte nicht geantwortet, hatte ihn nur gemustert
wie eine nasse Wand, an der man Schimmel
vermutete. Es war nicht das erste Mal. Männer
kamen, die was hören wollten. Oder fühlen. Oder
sagen konnten, sie hätten es erlebt. Manche

wollten einfach nur erzählen, sie hätten es
versucht.

Er war anders gewesen. Zwanghafter. Als hätte er
etwas zu beweisen. Vielleicht sich. Vielleicht der
Welt.

Er kam rein, wie alle. Und ging raus – nicht wie
alle. Er wurde getragen.

Zwei Männer, still, hektisch, ohne Aufsehen. In
eine Decke gewickelt. Der Notarzt sagte später,
es sei ein „innere Ruptur", ein „unbekannter
Druckauslöser", nichts, was man auf den ersten
Blick erklären konnte.

Madame sagte nichts. Else auch nicht.

Aber die Blonde mit der Zigarette weinte später.
Nicht wegen des Mannes – sie hatte ihn kaum
gekannt. Sondern wegen der Ruhe, die danach
kam. „Das war's jetzt", murmelte sie. „Jetzt wollen
sie's wissen."

Und sie wollten es wissen.

Zuerst kamen die Fragen aus der Ecke. Andere
Etablissements. Andere Mädchen. Dann ein Typ
in Mantel und Schlips, der sich nicht ausziehen
wollte, sondern nur fragte: „Wie oft ist das
passiert?"

Niemand antwortete.

Ein anderer sagte: „Ihr müsst aufpassen. Das wird
größer."

Und es wurde größer.

Nicht durch Anzeigen. Nicht durch Klagen.
Sondern durch Geschichten. Der Hafen sprach.
Die Schlepper redeten. Einer behauptete, sie sei
keine Frau, sondern ein Mechanismus. Ein
anderer, sie stamme aus Russland, aus einem
Zirkus, wo sie früher Melonen mit den

Oberschenkeln zerklemmt habe.
Die Wahrheit war längst egal. Wichtig war die
Figur. Die Legende. Der Schatten, der über der
Tür stand.
Kugelfisch, sagten sie jetzt. Nicht mehr Plättnerin.
„Der Kugelfisch von der Reeperbahn – wenn du
Pech hast, platzt du."
Ein Seemann tätowierte sich einen Fisch auf die
Hüfte. Mit Krone. Ein Witz, aber kein harmloser.
Ein Wirt benannte seinen Schnaps nach ihr. „Ein
Kugelfisch, bitte!" – das hieß: doppelt Korn, ohne
Rückweg.
Madame sprach mit Else. Diesmal nicht im Hof.
Sondern oben, im kleinen Büro mit der
Deckenlampe, die flackerte.
„Du musst weg", sagte sie.
Else sah sie an. Ruhig.
„Wohin?"
„Nur für ein paar Wochen. Raus aus der Gegend.
Ich kenn jemanden in Ottensen. Die suchen eine,
die still ist. Du würdest nichts tun müssen. Nur
warten."
„Warten worauf?"
„Dass die Gier sich legt."
Else nickte nicht. Aber sie widersprach auch
nicht.
„Ich hab nichts getan", sagte sie.
„Ich weiß."
„Es war er."
„Ich weiß."
„Ich hab ihn nicht berührt. Ich war nur da."
„Und das war genug."
Am nächsten Tag ging sie nicht zur Arbeit. Sie
nahm ein paar Sachen, eine Jacke, das Heft mit

den Skizzen. Keine Zahnbürste. Keine Tasche. Sie
ging zu Fuß. Keine Bahn. Keine Umwege.
In Ottensen war die Luft anders. Salziger, aber
auch stumpfer. Die Häuser niedriger, die
Menschen müder. Sie bekam ein Zimmer im
zweiten Stock über einem alten
Beerdigungsinstitut. Es roch nach Formalin und
altem Teppich. Niemand fragte sie etwas.
Die Frau, die sie empfing, hieß Lisbeth. Sie trug
keine Schminke, keine Absätze, hatte einen
Gesichtsausdruck wie ungewaschene Wolle –
hart, aber warm.
„Du bist die mit dem Ding da", sagte sie. Nicht
boshaft. Nur pragmatisch.
Else sagte nichts.
„Gut. Ich lass dich in Ruhe. Aber wenn du weinen
willst, mach's leise. Die Wände hier sind aus
Papier."
Sie weinte nicht. Aber sie hörte manchmal auf
die Stille. Sie war anders als sonst. Nicht leer,
sondern voller Hall. Als würde etwas in ihr
nachklingen, das sie nicht abschalten konnte.
Sie blieb acht Tage.
Dann kam ein Brief. Kein Absender. Nur ein Satz
auf einem gefalteten Stück Papier:
„Sie reden immer noch von dir."
Sie ging zurück.
Madame empfing sie, als wäre sie nie weg
gewesen. Nur ein Nicken. Kein Händedruck. Kein
Gespräch.
Aber etwas war anders.
Als sie durch den Flur ging, blieben die Männer
still. Einige nickten ihr zu. Einer sagte: „Ich glaub
dir. Auch wenn ich's nicht versteh."

Und die Blonde mit der Zigarette drückte ihr eine
Tasse in die Hand. „Ist Kräuter. Für die Nerven.“
Else trank. Und sagte: „Ich hab keine Nerven.“
Aber sie hatte eine Geschichte. Und die ließ sich
nicht mehr umdrehen.

Kapitel 9 – Die Regeln

Wenn man lange genug schweigt, fangen andere an zu reden. Das hatte Else schon früh begriffen. In der Schule, bei der Arbeit, im Waschhaus. Und nun, in der Reeperbahnzeit, hatte sich das Schweigen zu einer Art Schleier verdichtet. Alles, was man nicht wusste, füllte man mit Geschichten.
Sie hatte es geschehen lassen.
Und dann kam der Moment, in dem sie beschloss: Jetzt nicht mehr.
Es war kein Entschluss mit Trommeln und Zorn, keine Wutrede, kein zerbrochener Spiegel. Es war vielmehr ein Gedanke, der kam wie ein Kleidungsstück, das man anzieht und plötzlich merkt, dass es passt.
An einem Mittwochabend im Januar – die Straßen glänzten vor Eisregen, der Himmel war niedrig und grau wie Zink – kam ein Mann, der anders war. Nicht wegen seiner Kleidung. Die war wie üblich: zu viel Leder, zu wenig Passform. Auch nicht wegen seines Sprechens. Er sprach kaum. Es war sein Blick. Er war nicht neugierig. Er war… fordernd. Als hätte er sich vorgenommen, zu widerlegen, was andere über sie erzählten.
Madame bemerkte es sofort. Und zum ersten Mal seit Wochen sagte sie: „Du musst nicht."
Else antwortete: „Doch."
Sie ging mit ihm in das kleine Zimmer mit dem grünen Vorhang. Dort, wo das Licht von einer Glühbirne kam, die immer flackerte, wenn jemand schrie. Er setzte sich nicht. Er legte die Jacke nicht ab. Er sagte nur: „Ich will's wissen."

Else blieb stehen.
„Was willst du wissen?"
„Ob es stimmt."
„Was?"
„Dass du es kaputtmachen kannst. Den Mann. Dass du ihn zerdrückst, wenn du willst."
Sie sah ihn an. Lange. Der Raum war still. Draußen hörte man den Wind. Drinnen: nichts.
Dann sagte sie:
„Ich will nicht. Das ist der Unterschied."
Er lächelte, schräg, überlegen. Ein Mann, der glaubte, dass alle Worte vor ihm kriechen würden.
„Ist doch egal, was du willst. Es passiert ja trotzdem."
Da trat sie einen Schritt auf ihn zu. Nicht bedrohlich. Nicht laut. Nur nahe.
„Dann passiert es nicht. Weil ich es sage."
Er wich zurück. Nicht viel. Aber sichtbar.
Sie sagte: „Wenn du mich anfasst, ohne dass ich dich lasse, passiert nichts. Aber du wirst spüren, wie es sich anfühlt, von jemandem angesehen zu werden, der mehr Kraft hat als du."
Er lachte. Kurz. Unsicher.
„Was bist du?"
„Ich bin das Nein, das bleibt, auch wenn du lachst."
Er verließ das Zimmer. Sprach kein Wort mehr.
Madame wartete draußen.
„Was war?"
„Nichts."
Und das war die Wahrheit.
Am nächsten Tag schrieb Else drei Sätze auf ein Stück Papier. Sie klebte es an die Wand neben

der Tür zum Flur. Niemand fragte, warum.
Niemand nahm es ab.
Dort stand:
Wer fragt, bekommt Antwort.
Wer wagt, bekommt Wahrheit.
Wer drängt, bekommt nichts.
Man begann, sie zu achten. Nicht mehr nur
wegen der Geschichten. Sondern wegen der
Haltung. Sie sprach selten. Aber wenn, dann saß
es.
Ein Gast, ein älterer, der schon vor ihrer Zeit
gekommen war, sagte einmal: „Du bist wie der
Hafen. Nicht jeder darf anlegen. Und keiner
bleibt, der zu laut ist."
Ein anderer versuchte zu scherzen: „Du solltest
Eintritt verlangen für dein Nein."
Sie sah ihn nur an. Und er verstummte.
Else arbeitete weniger. Sie wählte. Nicht jeden
Tag. Nicht jeden Mann. Nur manchmal. Und nur,
wenn sie wollte. Madame ließ es zu. Vielleicht,
weil sie wusste, dass man ein Phänomen nicht
behalten konnte, wenn man es nicht respektierte.
Die anderen Frauen begannen, wieder mit ihr zu
sprechen. Erst zaghaft. Dann offener. Eine fragte:
„Wie machst du das? Dass sie dich ernst
nehmen?"
Else antwortete: „Ich nehme mich zuerst ernst.
Dann schauen sie von selbst."
Und das stimmte.
Sie saß nun manchmal abends im Salon, wo
früher nur Gäste saßen. Trank Tee. Schrieb
manchmal in ihr Heft. Keine Geschichten. Nur
Wörter. Feste, schwere Wörter: *Druck. Nähe.
Raum. Grenze.*

Sie war kein Mythos mehr.
Sie war eine Instanz.
Die Männer wussten: Wer zu Else ging, spielte
nicht. Man riskierte nicht den Schmerz – man
riskierte, sich selbst zu begegnen. Und das war für
viele schwerer zu ertragen.
Ein junger Mann, der nie im Haus gewesen war,
aber alles gehört hatte, stand eines Tages
draußen vor der Tür. Er sprach nicht. Er wartete.
Eine Stunde. Zwei. Dann kam Madame, sah ihn,
sagte: „Was willst du?"
Er antwortete: „Ich weiß es nicht. Aber ich glaub,
ich will einfach nur sehen, wie sie geht."
Und Else ging, wie immer: leise, mit geradem
Rücken, den Blick nach vorne. Kein Winken. Kein
Nicken. Nur der Schritt einer Frau, die weiß, dass
sie nicht erklären muss, was sie ist.

Kapitel 10 – Der letzte Versuch

Sie blieb. Während andere gingen, während sich
Namen änderten, Preise erhöht wurden, Lichter
heller und Körper jünger, blieb Else. Nicht, weil sie
nicht konnte. Sondern weil sie nichts anderes
kannte. Sie war wie ein Möbelstück, das zu
schwer ist, um es umzuräumen – man läuft drum
herum, vergisst es, und irgendwann gehört es zur
Wand.
Die Mutproben hörten nie ganz auf. Es kamen
andere. Andere Jahrgänge. Matrosen,
Bauarbeiter, Studenten mit Mut im Blick und
Dosenbier in der Hand. Sie kannten die
Geschichte, aber nicht den Mensch. Sie wollten
lachen, erzählen, dabei gewesen sein.
„Ich war bei ihr. Die mit der Beckenpresse. Die mit
dem Klack im Schritt."
Keiner sagte mehr ihren Namen.
Nur: *die da.*
Und Else ließ es zu. Vielleicht, weil sie glaubte,
dass ein Platz besser ist als keiner. Vielleicht, weil
der Körper irgendwann vergisst, wie man
Grenzen zieht.
Es gab Nächte, da saß sie allein im Flur. Kein Licht.
Kein Gespräch. Nur das Tropfen des Wasserhahns
in der Küche. Dann trank sie. Erst Gläser. Dann
Flaschen. Es war keine Flucht. Es war ein Begleiter.
Der Alkohol machte sie weich. Nicht im Kopf,
aber in der Stimme. Sie sprach mehr. Sagte Sätze,
die keiner verstand.
„Ich bin das Gegenteil von Sehnsucht."
Oder: „Manche drücken, andere halten. Ich hab
gedrückt. Und gehalten. Und niemand blieb."

Manchmal kam ein Mann, der älter war. Der sie nicht aus Neugier wollte, sondern aus Müdigkeit. Die Begegnungen waren still. Keine Wetten mehr. Kein Lachen draußen.
Nur Haut auf Haut, ein stiller Kampf ohne Sieger. Einmal fragte sie einen: „Warum du? Warum jetzt?"
Er sagte: „Weil ich wissen wollte, ob du noch drückst."
Sie sagte: „Nein. Jetzt bin ich weich."
Er ging ohne zu zahlen.
Madame sprach kaum noch mit ihr. Die Jüngeren tuschelten, hielten Abstand. Sie war nicht mehr Legende. Sie war Mahnung. Eine, die zeigt, dass alles einmal aufhört – sogar das Falsche.
Die Frauen sagten: „Sie müsste gehen. Es ist nicht mehr schön, was sie macht."
Aber sie blieb.
Sie kam seltener. Dann nur noch einmal die Woche. Dann nur noch, wenn jemand rief. Irgendein Tourist, irgendein Kneipenmutiger, irgendein Verlorener.
Sie wurde dünn. Nicht zart – ausgezehrt. Ihre Schultern hingen. Ihre Stimme bröckelte. Ihre Haut roch nach Gin und Einsamkeit.
Das letzte Mal, als man sie sah, saß sie vor dem Haus. Auf einem kleinen Klappstuhl. Die Beine weit, die Zigarette halb geraucht, der Blick in eine Richtung, in der nichts war. Ein Junge wollte ein Foto machen. Sie winkte ab.
„Ich war nie das, was ihr dachtet. Ich hab nur gehalten, wenn keiner mehr wollte."

Zwei Tage später fand man sie im Zimmer über der alten Wäscherei. Die Tür war nicht abgeschlossen. Die Flasche lag neben ihr, halb leer, das Glas umgefallen. Keine Pose. Kein Abschiedsbrief.
Nur Else.
Ein stiller Körper in einem stillen Raum.
Madame kam zur Beerdigung. Zwei der alten Frauen aus der Zeit, als noch gekichert wurde, auch. Ein Matrose legte eine Rose auf den Sarg.
Niemand sprach.
Der Stein ist klein.
Da steht nur:
Else Doppke.
Geboren 1938.
Gestorben allein.
Aber unten, ganz unten, eingeritzt in kleiner Schrift, kaum sichtbar:
„Sie hat gehalten, was niemand halten konnte."
Und nachts, wenn der Regen auf das Kopfsteinpflaster fällt, erzählt man sich noch manchmal von ihr.
Von der, die Männer zerdrückte.
Von der, die blieb.
Von der, die irgendwann nur noch festhielt – bis sie selbst verschwand.